トーチカで歌う

鈴木正樹

思潮社

トーチカで歌う　鈴木正樹

第三章　変

第四章　家

第五章　職

写真＝著者
装幀＝思潮社装幀室

プロローグ

唸る

門を入ると　決まって走り寄ってくる
仔犬の時から育てた犬と
いついてしまった犬

引き寄せようとすると
育てた犬は　されるままだが
いついた犬は　唸る

いくら　餌をやっても
いくら　毛づくろいしてやっても
ノラを　やっていたからだ

それを　引き寄せ
胸の中で　さらに唸らせる
唸りたいから　走り寄ってきたのだ

第一章　青

考えてみると

不意に
「最近　良いことあったかい」と問われた
改めて考えると
普段通りの職場だし　普段通りの家庭だし
結局　何もうかばない
「特にありません」と答えたのだが
一日じゅう　ずっと　考えていた

職場から家に帰るまで　車で三つの坂を登る
一つは　丘陵の雑木林の中を　穏やかにカーブしているが
他の二つは　河原から一直線に駆け上がる
どちらも　両脇に崖がそそり立ち

丘陵に登ってしまえば　住宅地になってしまうのだが
一番長く　一番急な坂には　登り切る直前
崖も　住宅も
視界から消えてしまう場所がある

その一瞬
身体じゅうに　大気がなだれ込む
足裏から　路面の感覚が消える
飛んでいる　そう思うのだ

昨日も　今日も
確かにあった　そこで
一人きりになれると　感じていたのだ

うまい　うまい

課長が　うまい　うまい
部長も　うまい　うまい
先輩も　後輩も　うまい　うまい
社長が梅干し持ってきた

手作りなんだと
裏庭の梅の実　Mサイズ
まだ　皺が寄るほどじゃない
紫蘇の匂い

急な作業があったので
人だかりに加われなかった
だから　梅干しの袋

社長からもらった

会う人　会う人
うまい　うまいと　言っていた
うまい　うまい　ものだと思い
会う人に　言った
うまいぞ　うまいぞ　人にも分けた

家に帰って　うまいから食え
子供に言った　女房に言った
舌で吐き出し　まずいと子供
顔をしかめて　まずいと女房

何を言うかと　一口食べた
少し変だと　二口食べた
やっぱりそうかと　三口食べた
職場の味だと　無理して食べた

立つ生き物

カンナの花が
引き込み線の土手に
幾つも　突き上げるように咲いている

いつからだろう
生き物が
すっくと　立つ姿に
どうしようもなく　見とれてしまう

憧れなのかもしれない
不安なのかもしれない

喉が渇く！

大気の厚さに
天空の重さに　押しつぶされそうな自分を
身構えるのでもなく　逃げるのでもなく

銀杏も　欅も　カンナでさえ
すっくと　立っている

僕がストローのように　軽く
あるいは　うつろに　転がってしまいそうなとき
大気は　明るすぎるほどに白々しい　それを
輝きに　変えることができるか

輝く葉裏から　太陽が見える
生き物の柔らかさ

静かに立つことは　悲しみと違う
在ることの　痛みは　恐れと違う

ただ
すっくと　立つ姿に
どうしようもなく　見とれてしまう

距離

今日一日の予定に　迷い込んできた海
凪はそれほどでもないが
すり鉢の形をした入江に
叩き込んでくる　剝き出しで
波というよりは　渦
思いがけないほどの斜面を
唸りながら這い上る

もし　体の一部がその舌に触れれば
呑み込まれるのではないか
距離だけが自分を全うさせている
すり鉢の斜面に　ちっぽけなまま一人

近づこうと思う
押し寄せる圧倒的な力に
止めようもなく荒れ狂うものに
足を踏み出すたび　波の音が覆いかぶさる
海は沸騰し　大気に混じろうとしている

持っているものを　捨てることはたやすい
脚を滑らせても　距離を誤っても
ほんの数センチで　すべての予定が消える
自分が否応もなく　消える

第二章　チョコレート

雨の音

芭蕉の葉にはじける
雨の音が好きだ

眠ろうとするとき
忘れていた　心地よいものを
思い出させる
なぜだろう　なぜだろうと　思いながら
眠りに落ちていく

母の
乳房を頬ばった記憶か

父の
背中にしがみついた記憶か
包み込むような　しめった
ぬくもり

心に
積もったものや　こびりついたものが
細かく　無数に
はじけ　流され
透き通って　心地よさ　だけが残る

前置き

父はよく
艦砲射撃の後　島に
不発弾がごろごろしていたと　言う
抱えあげ　もっこで運んだ
アメリカの砲弾は　手抜きしているから
不発弾が多い　だから
中の火薬を抜き　穴掘りに使った　と

そして
「日本製は性能が良いから」
と　前置きし
「新兵に　投げ方を教えていた中尉が

ピンを抜いたとたん　手投げ弾が爆発し
頭を飛ばされた」と続け
「日本製は性能が良いから　すぐ爆発する」
で　終わる

日本製のテレビや洗濯機が
アメリカにたくさん輸出されていた時代
父と同じ　前置きは
あちこちで　繰り返し聞いていたので
反論などはしなかったけれど

なぜ
投げる前に爆発する手投げ弾が
良い性能なのか
なぜ
父が疑問を感じていないのか

戦争は終わった　時代は変わった
と　言うけれど
一度　思い込まされてしまった前置きを
初めから　思考し直す人は
案外　少ない

鉈

床下から錆びた鉈が　何本も出てきた
アメリカ兵に　斬りつけるつもりで
祖父が集めた　と　祖母が言う

飲んだくれの祖父に
飲んだくれたアメリカ兵が近づくのを
見たことがある

その時　祖父は鉈を手に
身構えはしなかった　殴り合いもしなかった
怒鳴りさえしなかった

それどころか
ぺこぺこ頭を下げ
飲みかけのウイスキーを　有り難そうに
受け取った

甲種合格の体格だったと
祖母が　思い出し笑いする

そうだ
アメリカ兵が連れていた女も
けばけばしい日本語で　笑っていた

あの時　僕は
アメリカ兵に肩車され
なかなか下ろしてもらえないから
大声あげて　泣きだそうかと
考えていたんだ

今の　僕はと言えば
祖母の話を聞きながら　錆びた鉈が
もらった　チョコレートの色と
似ているな　と　思ったりしている

摑む

敗戦で
ガードの下に　腹をすかせ
孤児たちが
ぼろ屑のように　うずくまっていたころ
学校で
ウサギは　耳を摑むもの
と　教わった

頭の上に　長く突き出した耳
摑みやすいが
たくさんの神経が通っており
摑んで吊すと　苦しさのあまり

気絶することもある

確かに言われた通り　無造作に吊しあげると
だらっと　されるままだ

しかし
耳の薄さに　ためらい
丸々とした体を吊すと
いつまでも　もがき続ける

その優しさを
下手だ　不器用だと
何度も　やり直しさせられた

それが　今では
耳を摑み　吊してはいけない
そっと　抱きあげろ

と　教える

なぜなのだろう？

抱けば
ふわふわで　温かい　赤ん坊のような
生き物　湧きあがってくる
優しさ
今のウサギは　ペットなのだ

抱けば
肉を　食料とするために
毛皮を　防寒具とするために
殺せなくなる

だから
耳を摑め　と　教えた

ふわふわで　温かい　鼓動に
触れてはならなかった
ウサギの痛みに　気づいてはならなかった

摑んで　吊し
気絶させていたものは　自らの
優しさだった

道ばたで

少女が
追いかけてきて　垢じみた手を差し出し
「キャンデー」と　外国人の僕に言う

寝そべる牛を撮ろうとすると
レンズの中へ　入り込んできて　笑う
何度　構えなおし　どけと言っても
入り込んできて　笑う
「マネー」と　裸足で　言う

ひょっとして　僕は
幼かった時代を　歩いているのではないか

道ばたで　外国兵に
垢じみた手を　差し出したことがある
湧水で　たんねんに髪を洗う少女
同じ理由で
僕は　ＤＤＴまみれだった

いつの間にか　使わなくなった殺虫剤
いつの間にか　年老いていく僕
歩いて　歩いて
もう　外国人でしかないが

道ばたに佇んでいると
ぞろぞろ　ぞろぞろ　少女たちが
僕に向かって　かえってくる

第三章　変

ちぐはぐ

嘴があるけど　鳥じゃない
卵で産むけど　乳で育てる
そのくせ　乳房どころか乳首さえ　無い
離乳すると　せっかく持っていた乳歯を失う

オスは　陰嚢をぶら下げない
メスは　有袋類のような育児嚢を持たない
哺乳類にしかない横隔膜を持っているが
分類は　肛門と尿道と膣と区別できない尻の穴でする

排泄も　生殖も　僕らは隠して生きているが
彼らの尻の穴を　強姦どころか　いきなり解剖したわけだ
脊椎動物だが　そこから先は　きてれつで　ちぐはぐ
だから名札に　尻の穴を明記した

単孔類と言おうが　一穴目《いっけつもく》と言おうが
水面に顔を出した彼らに　僕らは尻の穴を重ね
ほんの少しだけ安心し　恥じらいを忘れる

聞いてくれ

聞いてくれ
パトカーとパトカーの間を　すり抜け
消防ホースを　跨ぎ
立ち入り禁止のロープの内から
今朝は　出勤した

だのに　どうして
いつもどおりに　座っていられるの
計算できるの　お茶飲んでるの
いくら言っても　話しても
誰一人　聞いてくれない

爆弾テロなんて
身近に　有るはずないから　無いはずだから
昨夜　なぜ飛び起きたのか
よく解らなかった
隣家の庇が　吹き飛び
隣に面した窓ガラスが　割れていたのも
気がつかず
寝床に戻ったくらいだ

ところが　窓に
赤いランプ　回転し　どなり声
パトカーと　消防車と　サイレン
炎まで吹きあげ
屋根の上に　消防士
路に　警官　野次馬が走り
窓を開ければ　熱風が頬にあたる

ところが　夜中の騒ぎ
妻も　子も　てんでに
テレビをつけても　ラジオをつけても
映らない　聞こえてこない
念には念を入れ　新聞記事も　探したが
載っていない　出ていない

これじゃ
整理できない　分類できない
話さなくっちゃ

どこかで　取りあげてくれれば
放送されれば
みんなが　驚いてくれる　聞いてくれる

ところが
根掘り葉掘り　メモしたのは

警官だけ

聞いてくれ　聞いてくれ　本気で　聞いてくれ

パトカーとパトカーの間を　すり抜け
消防ホースを　跨ぎ
立ち入り禁止のロープの内から
今朝は　出勤した

ねえ
テレビでも　ラジオでも
きっと　ニュースに出るはずだから
ねえ

＊　平成元年　旧皇室専用駅　爆弾テロ

ソラリゼーション

夕日に向かい　階段を下る

不意に
背中を押されたような
後ろから　誰かが
すごい速度で　走り抜けていくような
冷気

前へ
中途半端に倒れても　繰り返せば
歩行だが

世界が
黄ばんでいく　沈んでいく
一歩　一歩
拉致されるような　一歩

夕日に向かい　階段を下る

むっくりと　突き出し
ごつごつ　石垣にぶつかり
ついて来る　影

触れたら
きっと　フィルムのように
僕は　反転してしまう

夕日に向かい　階段を下る

朝

犬を連れ　多摩御陵の参道を歩く
並木の根もとをかいだり　電柱をかいだり
カサカサになった物や　変色で
犬の行動は納得できるのだが　今日は
小石に鼻をつけ　動こうとしない

警官が
小型トラックの荷台を　調べ
二人の男が　顔をしかめ　答えている
見ないようにして　通り過ぎたが
ライトバンが先回りし　こちらの動きを追ってくる
公園の奥は人影が見えなかったので

犬を走らせる　だが　植え込みを回ると
警官が二人

Uターンだ
川に沿って　帰る
滝の川下に一歩でると
水音が急に　大きくなる
犬は草むらに　また首を突っ込んでいる
尋問されていた二人が　パトカーに乗せられている
駐車場の車に　乗ったまま動かない男も
警官だろう

皇居に
ロケット弾が撃ち込まれたこと
家に帰ってから
朝のニュースで　知った

屁の味

もぐり込んだ　桑の茂みは
意外に暗かった

桑の実を口に入れると
五十を過ぎた今でも　子どものころの
木漏れ日のような　かすかだが
きらきらとした甘さ

ときどき　青くさい味
気に留めもせず
数個まとめては　口に入れた

食べ続けていると　ひどく青くさい実
手のひらに吐き出す
と
屁っぴり虫がつぶれ　もがいている
青臭い味は　屁っぴり虫の　味だった

気づくまで
口の中で　噛み砕き
転がし
何度も　呑み込んでいたらしい

猿は好んで食べると　聞いたことがある
食べて　食べられないものではなさそうだが
気色悪い
うがいしても　うがいしても　屁の味は
消えない

小暗い記憶の陰に
気づかずにいた　無いはずだった
屁の味　気づいてしまったら
口に入れることも　呑み込むことも　できない

カリフォルニア・ポリス

警官から
「その自転車　あなたのですか?」　と
職務質問された
答えるまでもなく　僕の所有だが
かかったままの鍵を　力任せに捻じ曲げ
乗っていた

買い物に行き
鍵を　ポケットに入れたつもりが
見つからない　担いで帰るわけにもいかず
道具がないから
鍵を　外すわけにもいかず

ともかく　説明はできる

自転車に書いた名前は　かすれて読めないが
防犯登録してある　しかし
照合に時間がかかりそうだ

そのうえ
数日　髭も剃っていなかった
ディスカウントショップで買った
肩にワッペンが付いたカーキ色のシャツ
警官の疑問に　納得はしていた

いったい　僕は誰？
免許証や　保険証　持っていたならば
間違いなく　僕か？
盗めば他人が持つこともできる
免許証の写真さえ

似ていれば　案外　区別しにくい

「この自転車は　僕のです」と
答えながら　昔　東欧で
行方不明になった国連事務官の話を
思い出していた

しつこく質問された揚句　照合が済んで
別れ際　警官が　捨て台詞のように
「かっこいいな」と
僕の肩を顎でしゃくる
シャツのワッペンの　カリフォルニア・ポリス

ほとり

砂漠を貫く　大河のほとり
神殿の　廃墟の　奥
崩れてはいるが　背丈を超す石組
古代の
寝室に向かって　歩いた
肩幅より広いが　人一人　通り抜けるだけの幅

体格に違いがあっても　鎧を身につけても
人は　中央を歩くしかない

だとしたら　アレクサンドロス
僕と彼の　占めた空間
僕と彼の　踏みしめた位置
は
二千数百年を隔て　重なっている

メナム

「歯の無い日本人を　はじめて見たよ」と
店員が　日本語でのぞきこんできた
一九八〇年代のはじめ
四歳の娘は虫歯だらけ　まともな乳歯は一本もない
「パパはどの人?」
娘に　興味があるらしい

裕福とは言えないこの国の
さらに貧しい北部からの帰り
店員は　買い物している妻を一瞥し
北に行く日本人は　男ばかり

子供連れはいない　と言う

寺院巡りしてきたのだが
古都の価値を　店員は知らない
「パパはどの人？」　また
娘をのぞきこむ

妻に娘を任せ　土産物を見ていたが
この国の言葉で　まだ話しかけている
解るわけがない　すると日本語
「ママはどの人？
　ママを指さしてごらん」
あやしていると思っていたが
疑っている

この国が輸出するのは
米ばかりではない

村を離れ　人々は外国へ出る
年齢に　下限はない

娘の　たどたどしい日本語
この国で教えたと　思っている
服装でごまかしていると　思っている

「パスポート見せようか」
「パスポート？」　あまり信用していない
娘を抱きあげても　まだのぞきこみ
「パパはどの人？」
しつこく話しかけてくる

外国人には食べきれないほどの食事
米を山積みした船が
積み出し港へ　下って行く
一隻が川下に消えると　別の一隻が川上に現れる

デザートを待ちながら
泥の流れで　口をすすぐ小舟の男を見ていた

第四章　家

戻る

最初の歓声は
隣に立つ受験生のものだった
続いて　後ろからも
前からも
どよめきが　拡がっていく

だが
無かった
何回探しても　娘の
あるはずの番号は　無かった

帰ろうと　高校から　ふた駅　電車で離れたが

何が書いてあったか　思い出せない個所
見落としは無かっただろうか

さっき　戻った時
くまなく　調べたはずだが
まだ　調べそこなった掲示物が
残っているのではないか

選ばれるために
一人　明け方まで机に向かっていた姿
結果を　どう伝えたらよいのか

確かめるために　もう一度
戻る

誰か

念仏が終わるのは　夜九時を過ぎる
帰りのバスは　無い
壇払いの後　叔父の家に行った母を
車で追った

ドアによせておいた二つの引き出物
転がる音に　振り返ると
座席の窪みに　一つずつ納まっている
誰かが並んで　座ったような感じ

死んだ父のような気がした
もう一人は　誰だろう

祖母のようにも思えるが　解らない

誰かを乗せて　夜の
曲がりくねった谷間を　走る
橋を渡ってから
一台も　すれ違う車を見ない

江戸時代以前から
先祖たちが　繰り返し土に戻っていった
谷間　深く　細い　袋小路

後部座席で動く気配
曲がった先に
切り立ち　生い茂った闇
時折
ライトが照らし出す　忘れていた形

ウルトラマン

棺の中に
入れようとした　ゴム人形
葬儀屋に制止され
叔母は　むくれている

枕元に　並んでいた
怪獣退治の英雄　これで
増殖する細胞に勝てる　と
孫たちが　贈った

しかし　真際の叔父が
繰り返し　数えていたのは
人形ではなくて　孫の数

叔母よ　番組は終わった
永遠の　とば口に
三分間の英雄は　短すぎはしないか

使うとき

仕事が終わると　毎晩　実家に行き
乱雑に重なる　新聞紙や広告
レジ袋に紛れた　領収書や手紙
母に尋ねながら
残すか　残さないか　分類し
棄てる

茶簞笥の中で　缶詰が腐り
流れ出したパイン　からからに乾燥し
ゴキブリの糞だらけ
「いつか　お前に食べさせようと　とって置いたんだよ」

賞味期限の切れた
カレー粉や醤油　腐った干物
梱包されたままの　埃だらけの　お中元
割れて冷蔵庫にこびり付いた卵
「一人じゃ　食べきれないんだよ」

今日も
ポリ袋を運び出す
「明日　私が棄てるよ」
その通りなら良いのだが

空き瓶や　空き缶や　空き箱
片端から　棄てる
「いつか　使うときがくるよ」

棄てながら
今がその〈いつか〉ではないかと　思う

ろくでもないがらくたのおかげで
昨日も　今日も　母と　僕と
会話している

今まで
毎日　こんなに長い時間
会話したこと　一度も無かった

介護認定審査

「今　季節は何ですか?」
母は　しばらく考えていたが
「秋です」と答えた

正解したから　補助の額は減る
さっきまで
庭に咲いた秋桜の写真を見せていたからだが
面接を受ける少女のように
母は　はきはきと答える

「杖なしで歩ける」って
「毎朝　自分で歯を磨く」って

「階段を　上り下りする」って
「自分で洗濯する」って
「自分で　風呂に入る」って
黙って聞いていた

みんな　数年前までは　当たり前にできたこと
できないとは　答えない

質問は　まだ続いているが
母が　元通りの母であることを
望んでいるのか　望んでいないのか
解らなくなる　瞬間がある

会食が終わって

会食が終わり
エレベーターに乗り込むと
ついてきたのは妻だけで
娘は　エレベーターの前に　残っている

今日は
結婚前の両親の顔合わせ
娘と帰るつもりでいたのに
呼んでも　笑っているだけ
数年前から　一人暮らしをしているので
たしかに　帰る方角は違うのだが

会食の時は　妻の横
僕らの家族の側に座っていた
エレベーターの前では
相手の両親の横に立っている

まだ　結婚してないんだぜ
と　言おうとしたが
娘は妙に満足げ
ドアが両側から閉じ始めたというのに
動く気配が無い

落下していく箱の中
減り続けていく数字を見上げ
娘の受験番号が見つからず　繰り返し確かめ
無いことを知っていながら
また確かめ続けた　合格発表のこと
思い出していた

九という数字

結婚する娘　美紗へ

三三九度と言ったら　神道の結婚式だが
たとえば　モーゼが神から賜った言葉は　十
十は　充分の十　総ての意味
その一つ手前の数　それが　九

満ちようとして　満ちてはいない
途中であって　終わりではない
両手の指の数にも　両足の指の数にも
一つ足りない

どんな宗教でも　どんな民族でも
九は　未完成な数

まだ後があるから　九は　苦しみの　九にもなる

だが
今日の喜びを　十と言ってはいけない
できあがったものは　崩れるしかないのだから
今日は　九
残りの一つを　捜し始める日

残りの　一つは
すぐそばに　落ちているかもしれないし
遠い彼方に　輝いているかもしれない
それを　摑めとは言わない
捜すこと　いつまでも　捜すこと
捜し続けること

一人ではなく　二人で
いつまでも　捜し続けること

若さに

草原では観光客用に
ベニヤ板囲いの　簡単なトイレ

細く
たらたらと
関節が痛くなるほどしゃがんでいると
隣に　人の気配
すぐに
前と後ろから　同時に
爆発的に　済んでしまった

だいぶ　間をあけてから
ドアを開けたのだが
遠く　ゲルに帰って行く女性が
振りかえった

こんな時
女性は　気恥ずかしい思いなのだろうか
僕などは　恥ずかしいを　通り越し
打ちのめされていた

第五章　職

唐辛子

唐辛子を　人生のように
ひりひりと
日差しに　曝す

筵の上に　乾かし　捩れさせ
掻き寄せ　均し
さらに　赤く　曝す　若さ

数の中に　耐え
数の中に　長らえ
個　として識別されない　俺

食ってみろ　触れてみろ
干からびてこそ　俺はナイフ

模様

お世辞を言いながら出したが
突き返された
会議で言ったまずいことが
尾を引いている

書き直す書類の手順も
電話での変更手続きも
言葉を　動きを　監視されている
まるで　動物園の獣

挨拶しても　反応は無い
書類を点検しながら

虎を　思い出していた

中国人がワンと読む　額の模様
囚われの身でありながら
不遜に見返す眼　虎になりたかった

動物園の堀は
飢えさせた虎を餌でつり
跳躍させ　越えられない幅に
決めたという

職場にある　堀
跳び越せそうで
まだ　確かめたことのない幅

きしんでいる
跳び越えたら　虎になれるか

虎の額の　ワンという模様

再度
認め印を　もらいに行く
立ちあがった腰が
ぎこちないな　と思いながら

跳び越せそうで
飢えても　確かめたことのない幅

氷の下

「頭の小さな眠る魚」という学名の鮫
犬が食べると　酔っぱらったようになる
肉に　尿素を溜め込んでいるからだ

イヌイットの伝説では
老婆が　尿で髪を洗い　拭き取った布が
風で　北極海に落ち
生まれたからだと　言う

そんな小便まみれの魚にも
瞼を持たない角膜に
カイアシという　寄生虫がつく

ルアーのように　両目にぶら下がり
細胞を食い荒らし　白濁させ　失明させる

しかし「頭の小さな眠る魚」は
カイアシに　おびき寄せられた小魚を
強い吸引力を持つ口で捕らえ　食べるので
視力を失っても　餓死しない

小魚を食べるのではなく
小魚に　カイアシを食べさせてしまえば
視力を失わずに　すむはずなのだが
「頭の小さな眠る魚」は
寄生虫を失うことより　視力を失うことを　選ぶ

二千二百メートルの深海で　捕れた記録もあるから
光の届かない深海では
視力はいらない　ということか

もしかすると
視力を捨てることで
身体中に老廃物を溜め込むほどの　氷の下の暮らしを
見まいとしているのではないか

*

「頭の小さな眠る魚」を食い
酔っぱらったら　忘れられるだろうか

降ってわいた　出向のこと
まとめた仕事が　いつのまにか同僚の手柄
上司との気まずさ
寝不足

「頭の小さい眠る魚」の肉は
海水に数日間晒し　尿素を抜くという

ならば　わが身を塩漬けにでもしてみるか
イヌイットは　役立たずの魚
「頭の小さな眠る魚」を
と　言う

仕事がうまくいかなかった日

書類から顔を上げ　窓の外を見た
薄い青空に　かすかなオレンジ色が淀む
冬枯れの　並木

「夕日！」　声に出してしまった

管理職は振り返って　窓を見たが
そこからは　外が見えない
向かいの机の　二人も顔を上げ

一瞬　外を見たが　何も言わず
仕事を続けた
左隣の同僚は　怪訝な顔で
しばらく僕を見つめ　すぐ仕事にもどった
右隣の同僚は　顔さえ上げなかった

見慣れた景色が　沁みる
それを　一人
眺めながら　もてあましていた

円周の外

仕事が終わっても
そのまま家に戻りたくなかった
途中下車して　歩き回り
ペットショップの中

狭い檻に
オオコウモリが　逆立ちしている
下には　こびり付いた白い糞
果物の欠片

きっと
排泄の時には　姿勢を変えるのだろうが

逆立ちのまま
排泄するような気がして　そばを離れられない
逆さに世の中を眺めたら
狭い檻の中に　じっとしていられるのか
菜食主義になったら
逆さの暮らしに　満足できるのか

どすんと
背中や　わき腹が　今日は重い
吐き出せなかったものを　排泄したいのに
途中下車した繁華街
職場でもない　家庭でもない
円周の外

父

家に帰っても　寝ようとしても
人事について
上司との顚末が　頭から離れない

風呂場で　体を洗っていると
急に　父が戸をあけた
振り返ったが　話しかけてくる気配が無い
静かに　下を向いている

何の用事か　繰り返し尋ねても
答えず　顔も上げない
覗きこむと　一度も

見たことの無い静かさ

昇進することも無く　退職した父
『多摩の地名語源考』　自費出版ではあるが
三版発行し　全冊売り切った
その後　毎年　本を出版し
数年前に死んだ
そこで　夢だと気づき　目が覚めた

総てが
浮き上がるようで　楽になり
いつの間にか
ぐっすりと　眠っていた

堀端

辞令を　貰いに行く日
右折しようと　車の途切れるのを待っていた
直進車線の外車が　急に後ろから割り込み
窓から男が身を乗り出し
すみませんではなく
どけどけと身振りしている

パトカーでも　救急車でもないのに
ルール違反が当たり前の顔
ふんぞり返った男を乗せ　公道で
会社か官庁か知らないが　人に
自分かってな身分を押しつける

石垣を築き　堀を巡らせ
この国に　こんな奴ら
独裁者の処刑を
さっきのニュースで知ったばかりだが
独裁者なんてどこにだっている

ローンで買った新築の家
公園の近くで　学校と商店街にも近い
妻や　子や
いっさいの生活設計が白紙

行ったこともない土地に
一人で　住むための　一枚の紙切れを
貰いに行く日

鼠

赴任先で　最初の仕事は
鼠を　捕まえること

モルタル二階建て　社員寮の
窓のない風呂場
ドアを開けると　臭う
明かりをつけなくても
罠にかかっていることが　解る

一握りほどの　悲鳴
跳びあがり　ぶちあたる　金網
牙に　爪に　破ろうとして

血が　滲む

這い出させないための　仕組み
落ちてからでは　遅い
昨日までの生活が
今日も続くと　思い込んでいたのは
鼠ばかりではない

もう　脱ぎ捨てた洗濯物さえ　汚せまい
もう　使いかけの石鹸さえ　かじれまい

運び出したベランダは　霙
凍えるがいい　一晩中
這い出せない明日を　確かめるために

願望

罠に掛かった鼠を
川に浸けた

呼吸しようと　金網から
水面を探し　あちらこちら鼻を突き出していたが
急に　流れのままになった

しばらく様子を見　動かないので
蓋をあける　流れながら　ゆっくり回転し
ぷかりと水面に　鼻先を突き出す

生きている　そう思えたのだが
流れのままに　水中で回転を続け
鼻先が水面に出たのは　その一度だけ

しかし　その一度きりの浮上は
鼠の必死の願望だったのではないか
〝水面に出たい〟　それを
死体になってから　実行したのではないか

退職希望を問われた日

下りエスカレーターを
登ってみたくなる
上がり待ちの列を離れ
降りてくるベルトに飛び乗る

着地した足に　体重を移している間も
下がる
足を繰り出しながら
下がり続ける次の段が　見える

全速で　走っているのに
走りにならない

輪の中のハムスターを　思い出したが
思い出しながらも　下がる

無数の視線から　遠ざかりたいが
次々と新しい視線が　隣を上がっていく
始めてしまったから　下がりたくはない
やめたくはない

次の足を　次々と繰り出す
半分以上　登ったようだが　確かめる間もない
繰り出すしかない

下がりながら　登る
せっぽつまって　めっぽう　長い

腕時計

ベルトの留め具が弱くなり
いつの間にか　外れ
床に
大きな音をたて　落ちたり
屑かごの中　書類の陰に
紛れたり

疑うこともなく
三十年以上続けた仕事の　腕に
巻きつける時間が　見つからない

腕時計は
中学校入学祝が　最初

それから
高校入学　就職　婚約
次が　始まるたび　買い替えた

次って　何か
まだ　次が　始まってもいないのに
ほころびて　見失いそうで

時間なら
職場の壁にも　駅にも　街角にも
掛かっているが

その
一つ一つが　ずれていて
どの時間にも
自分が　見つからない　入り込めない
い・な・い

第六章　再

ペットボトル

職を棄てたから
車で息子を駅に　妻を職場に　送る
朝食の食器を洗い　分類し　ゴミをだす

庭の草むしりをしたいが　雨だから
本を開く
みんな働きに行って　隣家からも
人の気配がしない

テレビをつける　笑い声が溢れ
見慣れた司会者が女優と会話している
会話がとぎれた時　見ているだけの自分が
部屋の中に　一人　居る

ころっと　置き去りにされたペットボトル
用済みで　空っぽで
踏んづけてみたくなる　何回も

もう一つのバス

通勤時間が過ぎたばかりの
バスに乗る

ガラーンとして
薄くなった白髪の老人と　杖を持った婦人が
座っているだけ

バスが止まるたび
手すりをしわだらけの手が摑み
老人が乗り込んでくる
どの人も高齢者パスを持っているから　整理券を取らない
揺れる座席に

危うく引っ掛かったように座る

数日前
三十四年間続けた仕事を辞めた
その　通勤区間が
まるで　違う

眠そうで　不機嫌な　時計ばかり気にする
背広姿や
無気力で　自分勝手で　おしゃべり好きな
高校生や
うっかり隣に立つと痴漢呼ばわりされそうな
不安定なヒールを履いたＯＬは
どこに消えたか

駅より二つ手前のバス停
看板下の路地が病院への近道

水着姿でほほ笑む巨大な乳房の下へ
ぞろぞろぞろぞろ
降りていく中
くずしてしまった小銭が
財布に上手く戻せず　もたもたしながら
迷惑そうにすり抜けていく老人たちの
後についていく

同じ

家に来た妹が
廊下に飾った娘の写真を見て
「同じ」と言う
いぶかしく思っていると
テレビの上に置いた少女のフィギュアを見つけ
「同じ」と　繰り返す
尋ねると　顔を覗き込んでくる

そう言えば
民具や骨董に趣味のあった父が
妹の結婚式の後　急に
少女の人形や

女の子が部屋に置きたくなるような小物を
集めだし　書棚に飾っていた

それから何年も経ち
僕が娘を結婚させる年になり
式が済んで　一ヶ月
妹が真顔で
「寂しいの?」と　聞く
そんなことは無い　そう答え
そう思うのだが

妹は
「同じ」と　つぶやいて
笑いながら　部屋を見回している

贈り物

犬のぬいぐるみを選び　店員に渡すと
透明なラップにつつみながら
「贈り物ですか?」と　にっこり笑う

その笑いの中に
身の丈もあるぬいぐるみを抱え
はしゃぎ回る少女が見える

しかし
それは母への贈り物
寝たきりで　寝返りさえうてぬベッドに
添い寝させるもの

リボンの色を何にするか　尋ねながら
「お誕生祝いですか？」と聞く

数年前に贈ったぬいぐるみを
母はいつも抱きしめ　話しかけ　撫で
汚れても　まだ抱いている
その　代わりなのだ

ぬいぐるみの袋を抱えた僕に
店員は
「きっと　喜びますよ」　と
袋と格闘する少女を見る
寝たきりの母は　ラップすら　ほどけまい

「羨ましいですね」
店員は笑いながら　言う

なんだか　ぬいぐるみを抱えた母が
少女のように　笑いながら立ち上がるのではないか　と
思えてくるほどなのだ

日差し

郵便局に行く途中
男の子と手をつなぎ　日傘をさした女性と
すれ違った

風が吹いて　スカートが膨らむ　女性は
つないだ手をあわてて離し　スカートを押さえる
眩しそうに　男の子が見あげる
肩から提げた幼稚園の鞄

その光景は　僕にとって
手に持つ書類の　郵送をためらわせるほどの
痛み

七年近くも　入院していた母が
二週間前に逝った
もう　成年後見人の資格はいらない
裁判所あての書類

幼い日に見あげた母は
日傘の下で　微笑み　汗ばんで
はりのある脛が日差しを弾いていた

あの子も　いつか
痛がる脛を
人造の骨を皮が覆っただけの脛を
加齢臭を嗅ぎながら
さすり続けるのだろうか

思い出した母は

追いつかないくらいに
大股で　若くて
日差しは　痛いほど強く　眩しく
やけに　暑かった

すきま

記憶のすきまに
あるはずの塀をすり抜け
女優が　すっぽりと収まってしまう
何故だろう
身構えている自分が　どこにもいない

ヒロインを演じるほどの
美人には違いないのだが　異性としての
興味とは違う

もし彼女がナイフを持っていたら
一突きで　致命傷を負う　そんなすきまに

やわらかく入ってくる

不思議に思っていたのだが
母の葬儀も　終わり
相続の話し合いも　まとまり
実家の片づけ　アルバムの黄ばんだ写真の
二十歳になるかならないかの母
路地に　もんぺ姿で立っている　その顔
忘れていた　顔

似ていたからだ　目と眉間の形
生まれて　乳房を含みながら　見つめ続けた顔
記憶の中にうずもれ　思い出せなかった顔

七年間　着替えを持って通った
母の病室　少しずつ　艶も　張りも
消えていき　管と　眼やにと

カサカサの唇と
それが母だと　思い込んでしまった

でも　違う
乳房を含みながら　見上げていた母の顔は
積み重なる記憶の中に　ぽろぽろ　ぼろぼろ
はがれ続け　落ち続け
火山灰に埋まった　ポンペイの人のように
ぽっかり
容《かたち》のまま　すきまになっていた

そこに
すぽっと　女優が滑り込んでいた
まだ　若く　美しい
この世で最初に見た　母にもどすために

雨と飴

雨が降れば
傘を差し　会いに行くこともできるが
飴が降れば
こぶだらけになるか　道路にへばりつくか
会いに行くことなど　できはしない

あめ　と書かれていたら　どう読んだらよいのか

たかお　への切符を買おうとすると
駅員が　〝た〟　にアクセントを置き　復唱する
僕は　京都府の山へ　帰ろうとはしていない
まして　台湾の都市へ　帰ろうとしているのではない

たかお　行き快速電車　車内放送
〝た〟　にアクセントを置いたり
〝か〟　にアクセントを置いたり
どこにも　アクセントが無かったり
連呼すると必ず　〝た〟　にアクセントを置く

到着した　たかお　構内放送
アクセントは　〝た〟　に置いている
僕は
関西の　京都の　高雄に帰ったのか
外国の　台湾の　高雄に帰ったのか

東京都の　多摩の　八王子市の
高尾　に帰りたい
生まれたときから　両親も　親戚も　ご近所も
たかお　は〝か〟にアクセント

駅員に言った
「？」
駅員の弁護をした男に言った
「君は　この町に　生まれ　育ったか？」
「！」
男は逃げ　駅員は　上司に報告すると言った
「報告したら　改まるのか？」
「！」
教育委員会に電話した
苦情の場所が違うとか　同じように聞こえるとか
「君は　この町に生まれ　育ったか？」
「！」

あめ　が降り出した
幸い　傘が役に立つ　あめ　だったので
傘を差したが　生まれ育った　たかお　には
会えないままだった

腕時計を買う

店員が
「ご予算は？」と聞くので
答えると
行ってしまい
遠くで　もう一人の客の
対応を始めた

次の店で
ベルトの修理で済まそうとしたが　断られた
ベルトの買い換えを勧められたが　高い
そのうえ　電池交換も必要で
もっと　高くなる

仕方ない　別の店で
壁にぎっしり吊された　袋入りの時計を
人混みのなか　見て回る
ベルト代と　かわらない
かわらないが　望んでいたものと　違う

長い時間探し
長い時間並び　買った
生活が　他人より貧乏ではなく
多数のなかの一人である　証として

ネパールへ行こう

追悼　秋谷豊

ネパールへ行こう
そう言って　彼は　僕らを見まわした
でも韓国から帰ってきたばかり

最後って　いったい幾つあるのか
医者に内緒で行ったソウルの　詩人の集い
水原華城《スウォンファソン》の朗読会　最後だったはず

その前　これが最後だと　雲南に行った
その前　きっと最後になると　ウイグルに行った
また　最後の　旅が始まる

ネパールへ行こう
『地球』編集会議室に　韓国より遠く
雲南の奥　ウイグルの南　ヒマラヤは雪をかぶっていた

その時　気付かなかったことがある
ネパールへ行こう　という言葉に
最後　という言葉が　付いていなかった

ネパールへ行こう
積み重なった　最後の　最後の　最後の　言葉に
最後だと　彼は　付けなかった

エピローグ

歌った

武田節を　歌いたくなったことがある
ヒンズークシ山脈にそって
岩ばかりの谷を
何時間も　登っていった時のことだ

道を　挟むようにして
コンクリートの廃墟
ガイドは　昔　インド国境まで迫った日本軍を
迎え撃つためのトーチカだ　と言う
こんな所まで　準備していたのかと
車を止めた

登ろうとすると
ソ連との戦争　それに続く内戦
アメリカの侵攻　地雷がある　と言う

手を振り切って　登った
入口から覗くと　焚火の跡
大便の臭いがする

振りかえると　登った時と同じ場所を
もどってこいと　怒鳴っている
一歩たりとも　違う石を踏むな　と言う

確かに　見晴らしが良い
インド人殺し　という名の山脈　この下を
玄奘三蔵が歩いた
モンゴルの騎兵が駈けた

僕は　トーチカに登り
だせるだけの大声で　武田節を歌った

鈴木正樹（すずき　まさき）

著書
詩集『流れ』昭和四十九年（一九七四年）
詩集『把手のないドア』昭和五十一年（一九七六年）
詩集『棘に触れる』昭和六十二年（一九八七年）
歌集『風景の位置』平成元年（一九八九年）
詩集『闇に向く』平成七年（一九九五年）
詩集『川に沿って』平成十九年（二〇〇七年）
歌集『億年の竹』平成二十一年（二〇〇九年）

トーチカで歌《うた》う

著者
鈴木《すずき》正樹《まさき》
発行者
小田久郎
発行所
株式会社思潮社
〒一六二－〇八四二　東京都新宿区市谷砂土原町三－十五
電話＝〇三－三二六七－八一五三（営業）・八一四一（編集）
ＦＡＸ＝〇三－三二六七－八一四二
印刷
三報社印刷株式会社
製本
小高製本工業株式会社
発行日
二〇一二年二月二十四日